ティアラ・クラブ

4

アリス姫《ひめ》と魔《ま》法《ほう》の鏡《かがみ》

ヴィヴィアン・フレンチ 著《ちょ》/サラ・ギブ 絵《え》/岡本《おかもと》 浜江《はまえ》 訳《やく》

朔北社

人《じん》物《ぶつ》紹《しょう》介《かい》

ティアラ✦クラブ

4

アリス姫《ひめ》と魔法《まほう》の鏡《かがみ》

お姫《ひめ》さま学園《がくえん》

りっぱなお姫《ひめ》さまを育《そだ》てる

学園《がくえん》のモットー

りっぱなお姫《ひめ》さまは、つねに自分《じぶん》のことよりほかの人《ひと》のことを考《かんが》え、親切《しんせつ》で、思《おも》いやりがあり、誠実《せいじつ》でなくてはならない。

すべてのお姫《ひめ》さまに次《つぎ》のようなことを教《おし》えます。

たとえば・・・

❶ドラゴンに話《はな》しかける方法《ほうほう》

お姫《ひめ》さまたちには、次《つぎ》のステップに進《すす》むため、ティアラ点《てん》をあたえます。一学年《いちがくねん》で十分《じゅうぶん》なティアラ点《てん》をとったお姫《ひめ》さまたちは、ティアラ・クラブに入会《にゅうかい》することができ、銀《ぎん》のティアラがもらえます。

ティアラ・クラブのお姫《ひめ》さまたちは、次《つぎ》の年《とし》、りっぱなお姫《ひめ》さまたちのとくべつの住《す》まいである「銀《ぎん》の塔《とう》」にむかえられ、より高《たか》いレベルの教育《きょういく》を受《う》けることができます。

❷すてきなダンスドレスのデザインと作《つく》り方《かた》
❸王宮《おうきゅう》パーティ用《よう》の料理《りょうり》
❹まちがった魔法《まほう》を防《ふせ》ぐには
❺ねがいごとをし、それをかしこく使《つか》う方法《ほうほう》
❻空《そら》をとぶような階段《かいだん》の下《お》り方《かた》

クイーン・グロリアナ園長《えんちょう》はいつも園内《えんない》におられ、生徒《せいと》たちの世話《せわ》は妖精《ようせい》のフェアリー寮母《りょうぼ》がします。

客員講師《きゃくいんこうし》と、それぞれのご専門《せんもん》は・・・

- パーシヴァル王《おう》（ドラゴン）
- マチルダ皇太后《こうたいごう》（礼儀作法《れいぎさほう》）
- ヴィクトリア貴夫人《きふじん》（晩《ばん》さん会《かい》）
- ディリア大公爵夫人《だいこうしゃくふじん》（服《ふく》そう）

注意《ちゅうい》

お姫《ひめ》さまたちは少《すく》なくとも次《つぎ》のものをもって入園《にゅうえん》すること。

♥ダンスパーティ用《よう》ドレス　二十着《にじゅっちゃく》
（スカートを広《ひろ》げる輪《わ》、ペチコートなども）
♥ダンス・シューズ　五足《ごそく》
♥ふだんの服《ふく》　十二着《じゅうにちゃく》
♥ビロードのスリッパ　三足《さんぞく》
♥乗馬靴《じょうばぐつ》　二足《にそく》
♥ロングドレス　七着《ななちゃく》
（ガーデン・パーティなど、とくべつな時《とき》に着《き》るもの）
♥マント、マフ、ストール、手袋《てぶくろ》、そのほか必要《ひつよう》とされているアクセサリー
♥ティアラ　十二《じゅうに》

Princess Alice
アリス姫《ひめ》

こんにちは！　あたし、ずーっとあなたにお会《あ》いしたかったの。あなたってさいこう！　こわいパーフェクタ姫《ひめ》や、フローリーン姫《ひめ》とはちがって。あの人《ひと》たちときどきすごくいじわる！　うちのお姉《ねえ》さまの話《はなし》では、パーフェクタはきょねんティアラ点《てん》がじゅうぶんとれ

なくて、すばらしいティアラ・クラブにはいれなくて、もう一度《いちど》あたしたちといっしょの一年生《いちねんせい》にのこされたから、あんないじわるになっちゃったんですって。あたしたちついてないわ！

そうそう、あたしはアリス姫《ひめ》よ。「りっぱなお姫《ひめ》さま」になるためのお勉強《べんきょう》をしようと、お姫《ひめ》さま学園《がくえん》にきたの。あなたと同《おな》じね。でも学園《がくえん》って、ちょっときついわね。もしシャーロット姫《ひめ》や、ケティ姫《ひめ》や、エミリー姫《ひめ》や、デイジー姫《ひめ》や、ソフィア姫《ひめ》がいなかったら、あたし、くじけちゃいそう！　あなたはどうかしら？　あたしにとっては、いつもいいことばかりではないのよ・・・

Princess Alice and the Magical Mirror by Vivian French
Illustrated by Sarah Gibb

First published by Orchard Books
First published in Great Britain in 2005

Japanese translation rights arranged with
Orchard Books, a division of the Watts Publishing Group Ltd, London
through Tuttle-Mori Agency, Inc., Tokyo

Capter One

第《だい》1章《しょう》

あなたはガーデン・パーティに出《で》たことあって？　ここ、お姫《ひめ》さま学園《がくえん》では、毎学期《まいがっき》に一度《いちど》あって、それはそれはたのしいんですって。うちのお姉《ねえ》さまの話《はなし》だけれど。だれもかれもが一番《いちばん》いいドレスとティアラをつけておしゃれをして、大《おお》がかりなオーケストラがダンス音楽《おんがく》を演奏《えんそう》して、ふんすいの水《みず》は光《ひか》るレモネード色《いろ》、そこらじゅうに

お花《はな》がいっぱい……親《しん》せきじゅうの人《ひと》がまねかれて、あたしたちがどのくらい「りっぱなお姫《ひめ》さま」になったか見《み》にくるんですって。で、もし雨《あめ》になりそうだったら？　フェアリー寮母《りょうぼ》さま（あたしたちのお世話《せわ》をしてくださる妖精《ようせい》）が、庭園《ていえん》の上《うえ》に日《ひ》のあたる青空《あおぞら》をひろげてくださるのですって！　すばらしいと思《おも》わない？

ガーデン・パーティにはほかにもびっくりすることがあるの。フェアリー寮母《りょうぼ》さまが、この日《ひ》、一回《いっかい》だけ、お姫《ひめ》さま学園《がくえん》の魔法《まほう》の鏡《かがみ》をだしてくださるのですって！　ほんとうの魔法《まほう》！　うちのお姉《ねえ》さまは、どうなるかはぜったいだれにもいってはだめ、みんながさいこうにおどろくことだから、っていってたわ。でもあなたにしゃべるならだいじょうぶよね。こういうことなの。（しっ！　だれにもいっちゃだめよ！）

ガーデン・パーティの日《ひ》、学園《がくえん》のお姫《ひめ》さまたちは、一番《いちばん》いいドレスをきて、髪《かみ》をととのえ、ティアラをつけます。それから一人《ひとり》一人《ひとり》フェアリー寮母《りょうぼ》さまのお部屋《へや》によばれて、鏡《かがみ》にうつった自分《じぶん》に会釈《えしゃく》をします。

で、どうなると思《おも》う？

魔法《まほう》の鏡《かがみ》がこちらを見《み》かえして、どれほどりっぱなお姫《ひめ》さまになったかをきめて、ティアラ点《てん》をくれるのです！　一番《いちばん》おおいと、三百点《さんびゃくてん》！

でもお姉《ねえ》さまの話《はなし》では、それほどもらった人《ひと》はまだいないのですって。

だからあたしがガーデン・パーティの日《ひ》までを指《ゆび》おりかぞえてまっていたの、わかるでしょ？

でも、はんたいに、いやなこともありました。とつぜん、いくつものとくべつクラスが開《ひら》かれて、床《ゆか》にかがんでする会釈《えしゃく》、ロングスカートでの上品《じょうひん》な歩《ある》きかた、ダンスなどのお勉強《べんきょう》がふえたのです。ああ、あたしたちは何百《なんびゃく》もの新《あたら》しいダンスをおぼえなくちゃなりません！　これじゃあ、ほんのちょっともあそんでいられないって感《かん》じです。

でもいっしょうけん

めいやって、とうとうあと一日《いちにち》というところまできました。みんなのドレスはもう寮《りょう》のお部屋《へや》につるしてあります。あたしのドレスは、夢《ゆめ》のようにきれい。それはそれは豪華《ごうか》なうすいピンクのサテン、かわいらしいピンクと白《しろ》のお花《はな》がちらさ

れていて、何枚《なんまい》も何枚《なんまい》もかさなった絹《きぬ》のペチコートつき。だから歩《ある》くとすてきにサラサラなります！　そしてみんなのティアラは、ベッドわきのいすにおかれた、紺色《こんいろ》のビロードのクッションの上《うえ》で光《ひか》っていて。あたしたちはもうみんなわくわくしていました……なにもかもが、めちゃくちゃになるまでのあいだ。

木《もく》よう日《び》の朝《あさ》は、空中《くうちゅう》にうかんでいるような、階段《かいだん》のおりかたの、さいごのテスト。あたしたちは六人《ろくにん》ともみじめな失敗《しっぱい》におわりました。とくにあたしは。

マチルダ皇太后《こうたいごう》さま（よい姿勢《しせい》、よい態度《たいど》、礼儀作法《れいぎさほう》、を教《おし》えるために学園外《がくえんがい》からこられる講師《こうし》）はひどくおおこりになって、あたしたちに一分《いっぷん》でも時間《じかん》がのこっていたら、練習《れんしゅう》なさいと命令《めいれい》されました。

「もし、明日《あした》の夕方《ゆうがた》までに、見《み》ちがえるようによくなっていなかったら、ガーデン・パーティの日《ひ》は、一日《いちにち》、寮《りょう》のお部屋《へや》でおすごしなさい！」

皇太后《こうたいごう》さまはぴしゃりとおっしゃると、あたしたちをにらみつけ、

すーっと出《で》て行《い》かれました。
あたしたちは、いわれたとおりに練習《れんしゅう》したけれど、上手《じょうず》になりません。金《きん》よう日《び》のお茶《ちゃ》の時間《じかん》ころになる

と、あたしはとてもこわくなりました。

もし、マチルダ皇太后《こうたいごう》さまがガーデン・パーティに出《で》てはいけないとおっしゃったらどうしよう？　それはものすごく困《こま》ったこと……だって、あたしたちは魔法《まほう》の鏡《かがみ》を見《み》ることも、ティアラ点《てん》をいただくこともできなくなるのですもの！

「足《あし》がいたい！」シャーロットがうめきました。お朝食《ちょうしょく》からもう百回目《ひゃっかいめ》かしらと思《おも》いながら、みんなで大階段《おおかいだん》をのぼっているときです。

「こんどは、すーっとおりられるかもしれないわ」ケティが期待《きたい》していいました。

「とてもだめそう」あたしが暗《くら》い声《こえ》でいいました。

「けさはもう十回《じゅっかい》もころんだんですもの」

「頭《あたま》をあげて、息《いき》をすいこみ、背《せ》すじをのばし、にっこり！」エミリーとデイジーが声《こえ》をそろえて、いいました。

「それと、下《した》から二段目《にだんめ》で会釈《えしゃく》するのをわすれないことよ！」ソフィアが上《うえ》のおどり場《ば》につくといいました。

あたしたちは、みんなでうなり声《ごえ》をあげました。

「わぁっ！　フロリーン、見《み》

て、見《み》て！」あのいやみなパーフェクタの声《こえ》。とつぜん、いじわるな友《とも》だちといっしょに姿《すがた》をあらわしたのです。

「のろまな、おじょうさんたち！」

フロリーンはあわれむように笑《わら》っていいました。

「まったくもう、階段《かいだん》から落《お》っこちるようじゃ、りっぱなお姫《ひめ》さまも、あったもん

じゃない！」フロリーンとパーフェクタは、げらげら笑《わら》いながら、ろうかのむこうへ行《い》ってしまいました。

あたしは聞《き》こえなかったふりをして、窓《まど》の外《そと》をのぞきました。日《ひ》のあたるお庭《にわ》では、モイラ、プルー、ジニーの三人《さんにん》のキッチン・メイドたちが、腕《うで》いっぱいのお花《はな》をかかえて、あちこち走《はし》りまわっています。いつもならこの子《こ》たちは、中《なか》のキッチンで学園《がくえん》のコック、おでぶクララといっしょにいそがしくはたらいているのだけれど、今日《きょう》は、ユリやバラや、白《しろ》いヒナギクのはいった大《おお》きな鉢《はち》を、学園《がくえん》の車道《しゃどう》とか、中庭《なかにわ》のあちこちにならべているのです。

「あの子《こ》たち、しあわせじゃない？」あたしはエミリーにいいました。

「つまらない階段《かいだん》のおりかたなんかで、なやまなくていいんだから！」

「でも」とエミリーはうたがわしそうに答《こた》えました。

「おでぶクララから、ひっきりなしに命令《めいれい》されてるのって、どうかしらね！」

おでぶクララがいばっているのは、エミリーのいうとおりです。どうやらプルーは、鉢《はち》の一《ひと》つを中庭《なかにわ》のまちがった場所《ばしょ》においたらしく、おでぶクララがかんかんにおこって、とびはねては、どなりつけています。プルーが泣《な》くまいとしながら鉢《はち》をもちあげているのが見《み》えるけれど、とても重《おも》い鉢《はち》のよう。顔《かお》をまっ赤《か》にしてひっしでがんばっていたから。そのときプルーはぐうぜん顔《かお》をあげて窓《まど》を見《み》ました。あたしがのぞいているのを見《み》て、むりにっこりしようとしました。あたしは、とってもかわいそうになっちゃったので、わざとおどけた顔《かお》をして、おでぶクララ

みたいにとびはねるまねをしました。

これが大《おお》きなまちがいでした！

プルーがわははと笑《わら》ったのです！　鉢《はち》を落《お》とし、鉢《はち》はこなごなにわれて、お花《はな》はぐしゃっと！

そしてまさにそのとき、下《した》のろうかからきびしい声《こえ》が聞《き》こえました。

「さあ、お姫《ひめ》さまたち、ふわりと階段《かいだん》をおりるところを見《み》せていただきましょうか！」

Capter Two

第《だい》2章《しょう》

あたしは、どうしたらいいかわからなくなりました！　だって、プルーがお花《はな》を落《お》としたのは、どう考《かんが》えてもあたしのせいですもの。あたしは、すぐにも中庭《なかにわ》に走《はし》りだしたいところでした。でもマチルダ皇太后《こうたいごう》さまが、階段《かいだん》の下《した》におそろしい顔《かお》で立《た》っていらっしゃいます。

あたしは決心《けっしん》しました。

階段《かいだん》をふわっとおりよう、そ

れからいそいで外《そと》にとびだして、おでぶクララに説明《せつめい》しよう。

「ねえ、おねがい！」あたしはむりやりシャーロットの前《まえ》に出《で》ながら、熱心《ねっしん》にささやきました。

「おねがい、先《さき》にやらせて……まずいことしちゃったの！」

あたしはふかく息《いき》をすいこみました。

「頭《あたま》をあげ、背中《せなか》をのばして、にっこり！」あたしは自分《じぶん》にいったあと、一段目《いちだんめ》でつまずき、あとはぜんぶころがり落《お》ちて、マチルダ皇太后《こうたいごう》さまのまん前《まえ》に、どたんところんでしまいました。

「おやまあ、アリス姫《ひめ》。だいじょうぶですか？」皇太后《こうたいごう》さまはいわれました。

「は、はい、ありがとう……いえ、あ、あの、失礼《しつれい》します！」
あたしは大理石《だいりせき》のろうかを走《はし》って、庭《にわ》へ出《で》るドアから外《そと》にとびだしました。
モイラとジニーが、入《い》り口《ぐち》の階段《かいだん》で、こわれた鉢《はち》とつぶれたお花《はな》を前《まえ》に泣《な》いていました。
「おでぶ……いえ、コック

さんはどこ？」あたしは息《いき》が止《と》まりそうになりながら聞《き》きました。

モイラが大《おお》きく鼻《はな》をすすりました。

「とてもおこってます、アリス姫《ひめ》さま。おでぶクララはキッチンにはいって、ドアにかぎをかけてしまったのです。そしてプルーには、食器洗《しょっきあら》い場《ば》のぜんぶの銀食器《ぎんしょっき》を洗《あら》うようにいって、わたくしたちが、六時《ろくじ》までにここをかたづけて、新《あたら》しいお花《はな》を見《み》つけてこなければ、ガーデン・パーティにはださないっていいました。あとにのこって一日《いちにち》じゅう、ジャガイモの皮《かわ》をむいていなさいって！」

あたしはますます悪《わる》い気分《きぶん》になりました。おそらく、あたし自身《じしん》だってガーデン・パーティには出《で》られないでしょう。でもこの子《こ》たちが、こんなひどい目《め》にあうなんて！　あたしは、ぼんやりお花《はな》をちぎりまし

た。でもモイラが止《と》めました。

「そんなことをなさってはいけません、アリス姫《ひめ》さま。もし見《み》つかったらたいへんなことになりますよ！　お姫《ひめ》さまがたは、明日《あした》までお庭《にわ》に出《で》てはいけないのです！」

そのとき、あたしはすばらしいことを思《おも》いついたの！

「ねえ、そんなこといってないで、食器洗《しょっきあら》い場《ば》ってどこなの？」あたしは聞《き》きました。


プルーに服《ふく》をとりかえっこしてと、たのみこむのは、とてもたいへんだったけれど、なんとかうまくいきました。

「キッチン・メイドになりすませば、あたしもジニーとモイラを手伝《てつだ》えるでしょ?」あたしは説明《せつめい》しました。

「そのあと、またあなたと服《ふく》をとりかえて、おでぶクララに、あなたが鉢《はち》を落《お》としたのは、あたしのせいだって、いえばいいわ!」

プルーは、フォークをとりあげながら、くすっと笑《わら》いました。

「アリス姫《ひめ》さまったら、そんなかっこうなさっておかしい。なんだかおでぶクララみたいですね。でもわたくし、アリス姫《ひめ》さまのお洋服《ようふく》、よごさないようにおやくそくします！」

「あたしもあなたのをよごさないように、気《き》をつけるわ！」あたしはいって、モイラとジニーについて庭《にわ》に出《で》ました。

ちらかった庭《にわ》をかたづけるには、長《なが》いことかかりました。鉢《はち》のかけらがそこらじゅうにちらばっていて、どんな小《ちい》さいものも見《み》つけなくてはなりません。それから、もっとお花《はな》をさがしてこなくてはならないけれど、ジニーによれば、庭師《にわし》に聞《き》かないでは一《ひと》つもとってはいけないのだそうです。

「おでぶクララが、前《まえ》に庭師《にわし》の親方《おやかた》と大《おお》げんかしたからなんです」ジニーはいいました。

モイラはため息《いき》をつきました。

「アリス姫《ひめ》さまが手伝《てつだ》ってくださっても、とてもだめです。もう五時半《ごじはん》ですもの。明日《あした》はまちがいなく一日《いちにち》おイモの皮《かわ》むきです」

しばらくあたしは、モイラのいうとおりかもしれないと、がっかりしていました。でもそのあと、二《ふた》つ目《め》のすばらしいことを思《おも》いついたの！

「そうよ！　ねえ、ほかの鉢《はち》から、一《いち》、二本《にほん》ずつお花《はな》をとってきたらどう？　だれが見《み》たって、ぜったいわからないわよ！」

それで、そうしました。ジ

ニーが食器洗《しょっきあら》い場《ば》からもってきた鉢《はち》をいっぱいにするのにも、それほど時間《じかん》はかかりませんでした。とても豪華《ごうか》になりました。ここでなにかあったなんて、だれにもわからないでしょう。

「そろそろプルーとお洋服《ようふく》とりかえるわ」あたしはうれしくなっていいました。

「プルーは、さぞつかれたでしょうね。あんなにたくさんのナイフやフォークやスプーンをみがかされたのだから！」

でもモイラとジニーとあたしが食器洗《しょっきあら》い場《ば》にとびこむと、そこには、銀食器《ぎんしょっき》の山《やま》が光《ひか》っているだけでした。

プルーはいなくなっていました。

Capter Three

第《だい》3章《しょう》

あたしはそこに立《た》って、目《め》がとびだすかと思《おも》うほど見《み》まわしました。モイラはプルーが自分《じぶん》の部屋《へや》にいるかどうか見《み》てくるといって走《はし》りだしました。ジニーもはんたいのほうに走《はし》って、キッチンを見《み》に行《い》きました。でもモイラはすぐにもどってきて、首《くび》を横《よこ》にふり、「いません」といいました。

そのとき、とんでもなく大《おお》き

いどなり声《ごえ》が聞《き》こえたかと思《おも》うと、おでぶクララが、スープのおたまをふりながら、あたしたちの前《まえ》に立《た》っていました。そのうしろに青《あお》い顔《かお》のジニーがいます。

あたしは、できるだけ大《おお》きく、できるだけ堂々《どうどう》としているふうに見《み》せようとしました。心臓《しんぞう》はどきどきだったけれど。

「あたしは、アリス姫《ひめ》です」あたしはいいはじめました。

「ほんとうにすみません。でもプルーがあの鉢《はち》を落《お》としたのは、あたしのせいなので……」

「なんだって？　なんのこと？　いったいなにをいってるの？」

このおでぶクララの声《こえ》は、たぶんお姫《ひめ》さま学園《がくえん》じゅうに、聞《き》こえたと思《おも》うわ。あたしは息《いき》をふかくすってまたいいなおしました。

「あたしが、窓《まど》からのぞいていると……」

「プルー、プルーデンス・ジェファーソン！　おちつきなさい！　おまえのしくじりなんぞ、もう聞《き》きたくない。けど、ジニーが庭《にわ》をどうとかしたって、ありゃなんの話《はなし》？」

おでぶクララは、あた

しの腕《うで》をつかむと、食器《しょっき》洗《あら》い場《ば》からつかみだそうとしました。そして庭《にわ》に出《で》るドアを開《あ》けたとたん……お花《はな》がきれいにならんでいるのを見《み》て、パタッと立《た》ちどまりました。

「あんりゃまあ、ぶったまげた！」おでぶクララはさけびました。

あたしはできるだけ、うれしい顔《かお》をしないようにしました。

「はい、それで、できたらプルーをさがして……」

おでぶクララがふりむいてあたしを見《み》つめたので、おなかにとてもいやな気分《きぶん》がひろがりました。

「いったい、なにをふざけているの？　いいかげんになさい。たしかにお花《はな》はきれいにならんでいる。銀食器《ぎんしょっき》もぜんぶみがいてあるし。明日《あした》はみんなガーデン・パーティに出《で》てよろしい……わたしはやくそくを守《まも》る女《おんな》だからね。ただ、自分《じぶん》をさがすだなんて、ばかなことはもういうんじゃないよ。さあ、さあ、三人《さんにん》とも、キッチンへ行《い》った、行《い》った！」

おでぶクララはそういうと、むこうをむいて、すたすた中《なか》にはいってしまいました。うしろ姿《すがた》を見《み》つめているあたしをのこして。

「モイラ、」あたしはいいました。声《こえ》がふるえているのが自分《じぶん》でもわかります。「ジニー、あたしをだれだと思《おも》う？」

「アリス姫《ひめ》さまです。そうよね、ジニー？」モイラが答《こた》えました。

ジニーはうなずきました。

「そうです。でもアリス姫《ひめ》さまってプルーにちょっとにていらっしゃいますねえ。それから、おでぶクララは思《おも》いこんだらなかなかわかってもらえない人《ひと》だから、もうなにもいわないほうがいいです」

あたしは自分《じぶん》の耳《みみ》をうたがいました。でもそこへ大《おお》きなどなり声《ごえ》が聞《き》こえて、ジニーとモイラがあたしの腕《うで》をつかみました。二人《ふたり》はそのままあたしをひっぱって行《い》って、おでぶクララのまちうけている湯気《ゆげ》もうもうのあついキッチンにおしこみました。

あたしは、これまで学園《がくえん》のキッチンで、こんなに大《おお》きなスープなべがぐつぐつにえているなんて、想像《そうぞう》したこともありませんでした。おでぶクララは、それをものすごく大《おお》きな木《き》のおたまでかきまわしていました。

「みんな、いそいで！」

おでぶクララは命令《めいれい》しました。

「どれもこれも、そこのおぼんにのせるんだよ。五百人《ごひゃくにん》の腹《はら》ペコ姫《ひめ》たちが夕食《ゆうしょく》をまっているんだからね！　モイラ、そこのボウルをとって！　ジニー、スプーン、スプーン！　プルー、パンを切《き》って！」

それであたしは、パンのかたまりを切《き》りはじめました。まるでこれに命《いのち》がかかっているとでもいうように。

大《おお》きなパンのかたまりをほとんど切《き》りおえたところへ、おでぶクララがあたしの仕事《しごと》ぶりを見《み》によってきました。

「わたしをはさんでサンドイッチにするつもりかい！」おでぶクララは鼻《はな》をならしていいました。

「いったい、なにを考《かんが》えているんだね？　はじめっからやりなおし！　お姫《ひめ》さまがたは、みんなうすくて、上品《じょうひん》なパンをお好《この》みなんだよ！」

「そんなことありません！」あたしは泣《な》き声《ごえ》でいったの。とてもあわれっぽい、いいかただったと思《おも》うけれど、しかたなかった。もう足《あし》はがくがく、腕《うで》はいたむし、指《ゆび》を二回《にかい》も切《き》っちゃって……いいわけも考《かんが》えられなかった。ただただ逃《に》げだしたくて……でもプルーがもどってきたら、どうなるでしょう？

「まさか、お姫《ひめ》さまがたが、どんなパンが好《す》きか、このわたしに教《おし》えようなんてんじゃないだろうね！」おでぶクララはまたどなりました。

「さあ、これをおとり、日《ひ》の光《ひかり》がすけて見《み》えるくらい、うすくお切《き》り！」

おでぶクララは、またまた巨大《きょだい》なパンのかたまりを、あたしの前《まえ》にばんとおきました。

「きゅうにこんなはげしい仕事《しごと》をやらされたとでもいう気《き》かい？　これまでやったことがないとでも、おいいかい？」

あたしはわっと泣《な》きだしそうでした。もうちょっとで。でも泣《な》かなかった。もしプルーがこういう仕事《しごと》をこわがらないのだったら、あたしもこわがってはいけないと思《おも》ったのです。

息《いき》をふかくすいこんで、あたしはりっぱなお姫《ひめ》さまよ、だからできるはず、と自分《じぶん》にいいきかせました。

そして「はい、クララ・コックさま」とできるだけていねいにいいました。歯《は》を食《く》いしばって、はじめからもう一度《いちど》……

と、まさにそのとき、ドアで大《おお》きなノックがありました。ジニーが走《はし》って行《い》って開《あ》けると、なんとそこには、あたしのすばらしい、すてきな、さいこうの、お部屋《へや》の友《とも》だち五人《ごにん》が腕《うで》をくんで立《た》っていて、そのうしろにプルーがかくれていました。みんな顔《かお》いっぱいににっこりしています！

Capter Four

第《だい》4章《しょう》

あなたは、おおぜいの人《ひと》たちから一度《いちど》にだきしめられたり、だきかえしたりしたことある？　けっこうむずかしいものよ。とくに、そばにとっても大《おお》きいあわてた大人《おとな》がいて、どうなっちゃってるのか、知《し》ろうとしているときには。とうとうおでぶクララは、いつもの大声《おおごえ》をだしました。

「なんでわたしのキッチンが、

きゅうにお姫《ひめ》さまだらけになったんだい？　だれか説明《せつめい》してくれない？」

ソフィアが前《まえ》にすすみでて、いつものとてもふかい会釈《えしゃく》をしました。

「おゆるしくださいませ、クララ・コックさま」ソフィアはとてもおちついていいました。

「あたくしたちは、いつもあ

なたが作《つく》ってくださる、ほんとうにおいしいお料理《りょうり》におれいをいいたくてまいりました。あたくしたちは、あなたのシチュー、あなたのお魚《さかな》料理《りょうり》、ピザがとても好《す》きで……」

そこまでいうとソフィアは、ちょっとだまりました。シャーロットがいそいで口《くち》をはさみました。

「そうなんです！」そういいながら、あたしをつっつきました。見《み》まわすと、プルーがくちびるに指《ゆび》をあてて、あたしに手《て》まねきしています。そして、シャーロットと、デイジーと、ケティと、エミリーがおでぶクララに、ほんとにすばらしいお料理《りょうり》ですと説明《せつめい》しているすきに、プルーとあたしは食器洗《しょっきあら》い場《ば》にはいりこんで服《ふく》をとりかえました。

「ありがとうございました！」プルーがささやきました。

「アリス姫《ひめ》さまはすばらしいかた！」

「プルー、あなたはいったい、どこにいたの？」あたしが聞《き》きました。

「あたしは、永遠《えいえん》にここにいなくちゃならないかと思《おも》ったわ。パンの切《き》りかたもよくできないあたしなのに！」

プルーは目《め》をぱちくりしました。

「銀食器《ぎんしょっき》をみがいたあと、アリス姫《ひめ》さまは、なにをしていらっしゃるかとのぞいてみたんです。でもまだおいそがしそうでした。それであのよくうわさに聞《き》く階段《かいだん》を見《み》に行《い》ったんです。そしたら、マチルダ皇太后《こうたいごう》さまが、アリス姫《ひめ》がまだもどらないって、こわいお顔《かお》で大《おお》さわぎしておられました！」

「まあ、」あたしは心臓《しんぞう》がつぶれそうになりました。

「きっとあとでものすごくしかられるでしょうね」

「マチルダ皇太后《こうたいごう》さまは、わたしを見《み》て、アリス姫《ひめ》さまだと思《おも》われたんです」プルーは話《はな》しつづけました。

「そして、こんどこそ落《お》ちないで階段《かいだん》をおりていらっしゃいっておっしゃって……デイジー姫《ひめ》さまが、あとテストに受《う》かっていないのはアリス姫《ひめ》だけよって、ささやいたんです……」

あたしは、ほんとうに気分《きぶん》が悪《わる》くなりはじめました。

「わぁ、困《こま》った。明日《あした》ガーデン・パーティに出《で》られないのは、あたし一人《ひとり》なんだわ！」

プルーが目《め》を光《ひか》らせていいました。

「いいえ、アリス姫《ひめ》さま、お出《で》になれますよ！　アリス姫《ひめ》さまはとてもおやさしくて、花《はな》の鉢《はち》をわたくしのかわりにならべてくださいましたでしょう？　ですからわたくしはアリス姫《ひめ》さまのかわりに階段《かいだん》をおりたんです。で、どうなったと思《おも》われます？　マチルダ皇太后《こうたいごう》さまは、ティアラ点《てん》を十点《じゅってん》もくださったんですよ！」

「そうなのよ！」シャーロットが、食器洗《しょっきあら》い場《ば》の入《い》り口《ぐち》に、にっこり笑《わら》って立《た》っていました。

「プルーはすばらしくうまくやったのよ」

「わぁ！」とても信《しん》じられないことです。プルーがあたしのかわりにテストを受《う》けて、十《じゅう》ティアラ点《てん》をとってくれたなんて……でも胸《むね》のなかで小《ちい》さな声《こえ》がさわぎました。それってごまかしたことにならないかしら？

あたしは、とつぜん、ほんとうにいやな気分《きぶん》になりました。だってプルーがあたしを助《たす》けたと思《おも》ってとてもうれしそうな顔《かお》をしていたからです。

「ありがたかったわ。感謝《かんしゃ》はしているわ」あたしはほんとうにありがたいといったつもりで、いいました。

プルーがにこっと笑《わら》っていいました。

「どうぞご心配《しんぱい》なく。わたくし、お姫《ひめ》さまでなくてよかったと思《おも》っているところです。今日《きょう》はおもしろかったけれど、あんなことをいつもやっているのではいやだと思《おも》いましたの！」

プルーはあたしにちらっと手《て》をふると、スキップでキッチンにもどって行《い》きました。ちょうど六時《ろくじ》のお夕食《ゆうしょく》のベルがなりはじめたところでし

た。

　あたしは、ソフィアやほかの仲間《なかま》といっしょに、のろのろ食堂《しょくどう》にはいりました。

　足《あし》がいたみました。でも気《き》にしないことにしました。どうやらこれでガーデン・パーティに行《い》けることになったみたい。そして魔法《まほう》の鏡《かがみ》も見《み》られるでしょう。でもあの小《ちい》さな声《こえ》は、あいかわらず聞《き》こえています。

「りっぱなお姫《ひめ》さまは、けっしてごまかしをしない」って、くりかえしくりかえし、耳《みみ》もとでささやいています。

Capter Five

第《だい》5章《しょう》

りっぱなお姫さまは
けっしてごまかしを
しない！

その夜《よる》は、あまりよくねむれませんでした。そして朝《あさ》おきて、一番《いちばん》いいドレスにきがえたときには、もう息《いき》がつけない感《かん》じでした。シャーロットは、わぁ、興奮《こうふん》しちゃう、なんていったけれど、あたしは、ちょっとちがうきもちでした。むしろ体《からだ》がふるえる感《かん》じです。なぜなら、『りっぱなお姫《ひめ》さま』になるためには、どうしなくてはならないかわかっていたから。

あたしのドレスはとても豪華《ごうか》です！　頭《あたま》からかぶると、ざわざわとすてきな音《おと》がするし、ダンスをすると、スカートがすいっすいっとうずまきます。あたしたちはおたがいに髪《かみ》をまとめ、ティアラをつけ合《あ》いました。そしていよいよフェアリー寮母《りょうぼ》さまのお部屋《へや》へ行《い》くときになり、ろうかに出《で》ると、ばったり、パーフェクタとティアラとフロリーンに出《で》くわしました。

「あたしは、あなたよりぜったいティアラ点《てん》おおくていいはずなのに！」パーフェクタがおこった声《こえ》でいっています。

「あら、あなたより一点《いってん》おおいだけじゃないの」フロリーンがいいます。

「あたしはただ……」

パーフェクタは、きゅうに、あたしたちが聞《き》いているのに気《き》がついて、ぎろっとにらみました。

「しいっ！」といってフロリーンをだまらせると、できるだけいそいで、むこうへ行《い》ってしまいました。

フェアリー寮母《りょうぼ》さまのドアをノックするときは、みんなそわそわしていました。とくにあたしは。

ドアが開《あ》くと、フェアリー寮母《りょうぼ》さまは「おはいり！」と大声《おおごえ》でいいました。

フェアリー寮母《りょうぼ》さまは、それはそれは、すてきでした。寮母《りょうぼ》さまはふつう、おしゃれなドレスをきません。でも今《いま》は、おどろくほどきれいな花《はな》がらのドレスです。光《ひか》る金《きん》のバラがちりばめられ、長《なが》い緑色《みどりいろ》のビロードのマントには、銀色《ぎんいろ》のチョウチョがししゅうされていて、羽《はね》がほんとうにヒラヒラしています！　一目《ひとめ》見《み》て、この人《ひと》はほんとうのフェアリー（妖精《ようせい》）なんだと思《おも》いました。あたしたちが思《おも》わず会釈《えしゃく》をすると、寮母《りょうぼ》さまはひびきわたるような声《こえ》で笑《わら》いました。

「さあ、バラのお部屋《へや》さんたち、鏡《かがみ》の前《まえ》には一人《ひとり》ずつ立《た》ちますか、それ

ともみんないっしょがいい？」

もちろん、あたしたちはいっしょがいいといいました。

フェアリー寮母《りょうぼ》さまはまた笑《わら》って、杖《つえ》をふりました。すると、とつぜん、ポットや、ハーブや、薬《くすり》びんのぎっしりのっていたたなが消《き》えました。かわりに、みょうにまがりくねった、わくつきの、巨大《きょだい》な鏡《かがみ》があらわれました。そして見《み》ると、あた

したちが手《て》をつないで、ずらっとならんでいる姿《すがた》がうつっています。

「いいですね?」フェアリー寮母《りょうぼ》さまが聞《き》きました。

あたしは、はっと息《いき》をのみました。

「あの、すみません、フェアリー寮母《りょうぼ》さま」あたしはよわよわしい声《こえ》でいいました。

「だいじなお話《はなし》があるのです」

あたしは前《まえ》にすすみでました。友《とも》だちがびっくりしてあたしを見《み》ているのがわかります。

「あのお、あたしはティアラ点《てん》を十点《じゅってん》いただきましたけれど、あれはあたしのではありません。あたしは、空中《くうちゅう》をとぶようにして階段《かいだん》をおりるテストに失敗《しっぱい》しました。ですから、だいたい、ここにいてはいけないのです。ほんとうに申《もう》しわけ……」あたしはそこで涙《なみだ》をふくため、休《やす》まなくてはなりませんでした。

「もっと前《まえ》にいわなくてはいけなかったのですけれど、どうしてもドレスがきたくて……朝《あさ》のうちだけでもと……でも、もうバラのお部屋《へや》にもどります。そして……」

「おやめなさい！」

信《しん》じられない声《こえ》！　しかもフェアリー寮母《りょうぼ》さまはあたしにっこりしています。

「アリス姫《ひめ》、魔法《まほう》の鏡《かがみ》にきめてもらいませんか？」そして寮母《りょうぼ》さまが杖《つえ》をふると、何千《なんぜん》、何万《なんまん》という小《ちい》さな光《ひかり》がはじけて、ぱちぱち光《ひか》りました。あたしたちがおどろいて見《み》つめていると、鏡《かがみ》の底《そこ》からすばらしくきれいな声《こえ》が話《はな》しかけてきました。

「よくいいました、アリス姫《ひめ》。あなたはずっと正直《しょうじき》でした。そしてそれこそが、姫《ひめ》にとってなくてはならないものです。一度《いちど》としてまちがいをおかさない姫《ひめ》などというものはいないのです。それを忘《わす》れないように……」声《こえ》はそこで止《と》まって、くすっと笑《わら》いました。

「それにしても、バラのお部屋《へや》の姫《ひめ》たちは、見《み》ていると笑《わら》ってしまいますね」

そして鏡《かがみ》の中《なか》にべつのものがあらわれました。あたしが階段《かいだん》から落《お》っこちて、友《とも》だちが大《おお》きな目《め》で見《み》ていて、マチルダ皇太后《こうたいごう》さまがぞっとしたお顔《かお》になっていらっしゃるところ!

フェアリー寮母《りょうぼ》さまが、小《ちい》さいせきをしました。

「おや、失礼《しつれい》、フェアリー寮母《りょうぼ》」と鏡《かがみ》がいいました。

「でもこの姿《すがた》はおかしいじゃありませんか。さて、どこまでいいましたっけ？　そう、えっへん、私《わたし》はよろこんで、アリス、ケティ、エミリー、シャーロッ

ト、デイジー、ソフィアの六人《ろくにん》の姫《ひめ》たちに三百《さんびゃく》ティアラ点《てん》をあげますよ。みんなで分《わ》けなさい……そして、全員《ぜんいん》、ガーデン・パーティに行《い》ってよろしい！」

Capter Six

第《だい》６章《しょう》

ガーデン・パーティってどんなのかって？　ああ、もうそれはそれはすばらしかったわ！　しかもあたしは大階段《おおかいだん》をふわっとおりられたの、信《しん》じられる？

たぶんそれは、あたしがとてもしあわせだったからだと思《おも》うの。庭園《ていえん》のお花《はな》もすばらしく豪華《ごうか》だったし。あたしたちは、オーケストラの音楽《おんがく》にのって、おどって、おどって、おどりつ

づけました。うちのおじいちゃまは、あたしが魔法《まほう》の鏡《かがみ》から五十《ごじゅう》ティアラ点《てん》をいただいたといったら、よろこんだあまり、あたしをひきまわしてレモネードの泉《いずみ》に落《お》としちゃったの。でもおばあちゃまがあぶないところで助《たす》けだしてくださったわ。

夜《よる》おそく、バラのお部屋《へや》のベッドに横《よこ》になったとき、あたしは、もう一度《いちど》、みんなにあたしよりよぶんにティアラ点《てん》をとってもらおうとしたけれど、だめでした。

「みんなは一人《ひとり》のために、そして一人《ひとり》はみんなのために」ソフィアがねむそうにいいました。

「そして、あたくしたち全《ぜん》

員《いん》、たくさんのティアラ点《てん》をいただいて、ティアラ・クラブのメンバーになりましょう。きっとすばらしくたのしいときがすごせてよ……」

あたしは、にっこりしてソフィアにキスをなげました。あなたにも、なげるわね。

次回《じかい》のお話《はなし》は……

「ソフィア姫《ひめ》と氷《こおり》の大祭典《だいさいてん》」

こんにちは！　あたくしはソフィア姫《ひめ》です。　あなたが、お姫《ひめ》さま学園《がくえん》でのあたくしたちをいつも見《み》ていてくださって、とてもうれしいわ。　バラのお部屋《へや》のお仲間《なかま》には、もうお会《あ》いになったでしょう？

アリス姫《ひめ》、ケティ姫《ひめ》、デイジー姫《ひめ》、シャーロット姫《ひめ》、エミリー姫《ひめ》。あたくしたちは、ここでの第一日目《だいいちにちめ》から、さいこうの仲《なか》よしになりました。おたがいに助《たす》けあっています。これは、近《ちか》くにパーフェクタ姫《ひめ》のような人《ひと》がいるときは、とても大事《だいじ》なのです。パーフェクタはすごくいじわる！　アリスのお姉《ねえ》さまの話《はなし》では、パーフェクタは学園《がくえん》の一年目《いちねんめ》にほとんどティアラ点《てん》がいただけなくて、もう一年《いちねん》やりなおすことになりました。それであたくしたちといっしょになってしまったのです。困《こま》ったことだわ！

……また次《つぎ》のお話《はなし》でお会《あ》いしましょうね！

著者

ヴィヴィアン・フレンチ
Vivian French

英国の作家。イングランド南西部ブリストルとスコットランドのエディンバラに愛猫ルイスと住む。子どものころは長距離大型トラックの運転手になりたかったが、4人の娘を育てる間20年以上も子どもの学校、コミュニティ・センター、劇場などで読み聞かせや脚本、劇作にたずさわった。作家として最初の本が出たのは1990年、以来たくさんの作品を書いている。

訳者

岡本 浜江
おかもと・はまえ

東京に生まれる。東京女子大学卒業後、共同通信記者生活を経て、翻訳家に。「修道士カドフェル・シリーズ」（光文社）など大人向け作品の他、「ガラスの家族」（偕成社）、「星をまく人」（ポプラ社）「両親をしつけよう！」（文研出版）、「うら庭のエンジェル」シリーズ（朔北社）など子供向け訳書多数。第42回児童文化功労賞受賞、日本児童文芸家協会顧問、JBBY会員。

画家

サラ・ギブ
Sarah Gibb

英国ロンドン在住の若手イラストレーター。外科医の娘でバレーダンサーにあこがれたが、劇場への興味が仕事で花開き、ファッションとインテリアに凝ったイラスト作品が認められるようになった。ユーモア感覚も持ち味。夫はデザイン・コンサルタント。作品に、しかけ絵本「ちいさなバレリーナ」「けっこんしきのしょうたいじょう」（大日本絵画）がある。

ティアラクラブ④
アリス姫《ひめ》と魔法《まほう》の鏡《かがみ》

2007年8月15日　第1刷発行
著 / ヴィヴィアン・フレンチ
訳 / 岡本浜江　
絵 / サラ・ギブ

装丁、本文デザイン / カワイユキ
発行人 / 宮本功
発行所 / 朔北社《さくほくしゃ》
〒101-0065　東京都千代田区西神田 2-4-1 東方学会本館 31号
tel. 03-3263-0122　fax. 03-3263-0156
http://www.sakuhokusha.co.jp
振替 00140-4-567316

印刷・製本 / 中央精版印刷株式会社
落丁・乱丁本はお取りかえします。
82ページ　130mm×188mm
Printed in Japan ISBN978-4-86085-056-2 C8397